THE HERO TWINS

THE HERO TWINS

A Navajo-English Story of the Monster Slayers

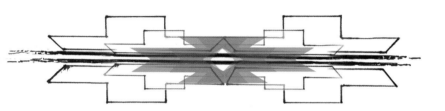

STORY BY

JIM KRISTOFIC

ILLUSTRATIONS BY

NOLAN KARRAS JAMES

University of New Mexico Press ▲ Albuquerque

LIBRARY OF CONGRESS CATALOGING-IN-PUBLICATION DATA
Kristofic, Jim, 1982–
The hero twins : a Navajo-English story of the monster slayers / story by Jim Kristofic ;
words and pictures by Nolan Karras James.
pages cm
Navajo and English parallel text.
ISBN 978-0-8263-5533-1 (pbk. : alk. paper) — ISBN 978-0-8263-5534-8 (electronic)
1. Navajo Indians—Folklore. 2. Navajo mythology. I. James, Nolan Karras, 1963– II. Title.
E99.N3K749 2015
398.2089'9726—dc23
2014013967

Designed by *Lila Sanchez*
Set in *Huronia Navajo* and *Cinzel Decorative*

The CENTER FOR REGIONAL STUDIES *at the University of New Mexico*
generously provided funding to support publication of this book.

N. K. J.

For my family, ANGELA, ELLEE, EMMA, ADJABAH, *and* PADEN.

J. K.

For the teachers and students of the beautiful Navajo language.

PREFACE

NAAKIIÍ DINÉ BAHANE' t'áá nináháháah bik'ehgo t'áádoo le'é shínanitin. Ínii naashadá̦h yé'iitsoh holǫ́ bahane' lá. Ndi yé'iitsoh holǫ́ ndi bik'e'hwididoodléél kót'é lá.

Nasiá̦į́go yé'iitsoh bahane' bik'eh hwididíídleełgo idiił doo asáhí da lágo. Ba'akoniizíí dah'hajiinálí dóó diyin biké'dahosiiníí díí'éétsoh yá'áát'éehgo doodaał ba'akoo dino'dzííł. Diné siłiigo díí bahane' yigíí bits'ą́ą́dóó biłhwodiiyeeł dóó bihodiiłkaał dóó bidziiłgoo ashjį́ dóó a'ha'háásin. Bits'ą́ą́dóó nitsáhákéésgo dóó nahat'ágo dóó 'iiná'go dóó sihasingo bits'ą́ą́dóó hozhǫ́go biké'aheehołté'.

Díí hane' dííjį́di t'aadi bits'ą́ą́dóó o'hosh'áá'. Díí hane' díí diné'e' bahane' t'oo ayói diné yits'ą́ą́dóó biiyį́ iłhaa'iishłaa yída'hoł'ą́ą́.

Díí hane' ayói dahane'goo dłį́į́ éí biniina ł'aa altsą́ naaltsoos wólta'ígíí bá'hadishlaa. Adóó díí naaltsoos wólta'ígíí éí taa' ałtso diné yii dahołta dinék'eji bá nishǫ́ íishłaa.

Díí hane' dikwiishį́ ałą́' a'táo hane'. Dahane'ígíí éí nijį́ghaadi bee ił'adah até' díí hane'.

Díkwííshį́ iłnaa' até'í bik'e'dah'ááshchíín Dr. Washington Matthews adóó Navajo Community College Press adóó Rock Point Community School adóó Rough Rock Demonstration School adóó Dr. Paul Zolbrod bits'ą́ą́dóó yiłt'ah éí bik'eh íishłaa. Díí aké'e'shchíin'ígíí edah 'ałtso Diné iiyiiłtah hane' ákohgo bił yá'áát'ééh. Díí hane'ígíí bił ahá ntéidi éí bik'ehgo hwééshne'.

Díí hane' éí baa sézido diné bihwidoodiłzin'ígíí baa ako'nisinigoo naaltsoos wólta'ígíí íishłaa. Hait'áo dah háíshį́į́ doo bił'aaniigo t'áá shǫǫdí shi íishłaa'ígíí éí sha sią́ą́.

THE STORIES OF the Hero Twins of the Diné teach me many things over the years. When I was very small, they taught me that monsters existed. And that they could be beaten.

When I was a little older, they taught me that you can't defeat those monsters alone. Family and friends and wise mentors can lead you down good paths. As I matured, the stories taught me the importance of patience, persistence, bravery, and reverence. Through thinking, planning, action, and meditation, life could be balanced and enjoyed in harmony.

These stories still teach me these lessons today. And they've taught so many lessons to so many people—especially to the Diné.

It was a love for these stories and their lessons that made me want to bring them together in the form of a book. And I wanted that book to tell those stories in the Diné language for Diné readers of all ages.

There are many versions of the Hero Twins story. The stories can vary depending on the region of Navajo country.

So I consulted print versions by Dr. Washington Matthews, Navajo Community College Press, Rock Point Community School, Rough Rock Demonstration School, and Dr. Paul Zolbrod in order to understand what others had shown of these stories. These works have been accepted, overall, by Diné readers. I have tried to work within these lines.

In this way, I hope this book can tell this story—of the Hero Twins and *Yé'iitsoh*—in an accurate and respectful way without exposing too much of its sacredness. If it fails in this, the fault lies with me and me only.

Hágoónee',

JIM KRISTOFIC

A NOTE ON THE COLORS

THE ENERGETIC COLORS in this book reflect the Glittering World—the world into which the Diné emerged after many journeys. These colors attempt to depict the spirit reality in the traditional ceremonies and stories told during the winter.

Many colors in the illustrations reference the sand paintings in which the Hero Twins appear during the Enemy Way and other ceremonies. Some of these ceremonies are performed during the day and some only at night. The artist—who participated in these ceremonies—comes from the Low Mountain, Hard Rock, and Piñon, Arizona, areas, and he learned these colors and stories from chanters from the *Tł'ízí łání* (Many Goats) and *Tł'ááshchí'í* (Red Bottom) clans.

The twins—Monster Slayer and Child Born for Water (who becomes He Who Cuts Life Out of the Enemy)—appear in yellow and gray-blue. In the ceremonies, Monster Slayer is often painted with *tádídíín* (corn pollen), which has an orange-yellow color. Child Born for Water is painted with *tádídíín dootł'izhii* (a pigment made from a certain blue-purple plant). Because *Jó'honaa'éí* (the Sun Bearer) is their father, and the twins are said to be two parts of him, the Sun will sometimes appear green, which is the combination of the colors yellow and blue and is the color of the plants that take their life from him and the Earth Mother. It is the same color as the Tree of Life that weavers will depict in rugs.

Yé'iitsoh has no color because he is said to be armored with a reflective metal. Many traditional chants say he wears a metal helmet, metal armor, and metal shoes.

In the second half of the book, the colors of the Twins' armor shift and flow, like the armor of a shiny beetle or an abalone shell catching the sunlight. The colors shift even more as they hunt for *Yé'iitsoh* in the land of rainbow where he lives, where his house is made of rainbow.

WATCHING THE WORDS

◆ THE STORY APPEARS on the right-hand page of each illustration and is told in both the Navajo and English languages. The illustration divides the page so that the Navajo text appears above it and the English translation appears below it.

The sentences sometimes contain small, gray-colored markers that begin and end around a particular word or phrase.

Here is an example of a Navajo sentence in the book:

◆Na'ashjé'ii asdzą́ą́ bighandę́ę́ ◆ yą́ą́h naa'áázh dóó yah'ii'áázh.

Lower down on the page is the corresponding English sentence:

They walked inside to ◆ the home of Spider Woman. ◆

To help readers and teachers see how these two languages work, we marked these words or phrases in a way that we hope is subtle and not distracting. The two languages flow in different ways. Verbs and prepositions appear in different places. The Navajo language also uses enclitics, which can be difficult to see when comparing the two languages.

We hope these subtle markers make the story more useful for readers, students, and teachers. We also hope they make the story more enjoyable by helping the reader to see the interweaving between these two beautiful languages.

➤ 'Ákohgo ałkidiida ➤ díí hané éí jiní. 'Áłtsé Hastiin
adóó 'Áłtsé 'Asdzą́ą́ hajiina' diné íídą́ą́' Asdzą́ą́ nádleehé
yizhchį́į́ yę́ędą́ą́' t'aa ałtso nakaíí áą́.

◈ Yee nahoodiiyełgoo ◈ akoo éí íina' inaa'li'į́ la
jiní k'ideidíílá e'dah t'éí.

✿ Yé'iitsoh bikéé' naa'honzǫ́ǫ́d. ✿
Yé'iitsoh biwoo' bééshgo dah deení naholǫ́.
◈ Dibé 'áłah'neheléí'igíí ma'íítsoh bił
deeł naholǫ́. ◈

➤ Of a time long ago ➤ this story is told.
After Changing Woman had been born with
the help of First Man and First Woman, they and
the last survivors of the Emergence People all traveled
together.

They would sometimes ◈ think they were safe, ◈
and they would farm. But before the autumn harvest, the
naayéé' would find them. ✿ They ran from the *naayéé'*. ✿
The *naayéé'* bit with teeth like knives.

◈ They would eat them like wolves eat sheep who wander from
the herd. ◈

Naakiií éí díí t'aa hazáį́į.

Asdzą́ą́ nádleehé 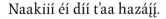 dził yikaa sizǫ́ ➢ jó'honaa'éí
◈ yidaa jisiáį́į. ◈ Adóó Asdzą́ą́ nádleehé éí dził bikaadee
tó nahlǫ́ǫ́ dóó ✿ yidaa jisiáį́į. ✿

Asdzą́ą́ nádleehé yii iłtsą́ą, la jiní. Ohtsą́ą'níí
atsee'biiskah'nee jį́ naakiií dóó chiił lá jiní.
Haashch'ééłti'í dóó Tó neinilí éí dził bighą́ą́ndee
akah'ahii nołchaa'go naakiií hazáį́į.

◈ T'aa koo'hoo niił ńt'éé' ◈ dine'é naayéé' t'áá 'ałahjį'
há'háá'dzééd.

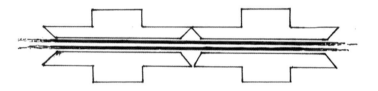

This is how the brothers came to be.

Changing Woman 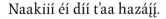 stood on a mountain ➢ and
watched the sun and ◈ thought it was handsome. ◈
She also admired a small waterfall that fell down into a pool
on a mountain and ✿ thought it was handsome, ✿ also.

She became pregnant. After only eight days, the brothers
were ready to be born, they say. *Haashch'ééłti'í*, the Talking
God, and *Tó neinilí*, the Water Sprinkler, came to them on
the peak of the mountain and helped the brothers emerge
into the world.

◈ During all of this, ◈ the *naayéé'* looked for the
people all the time.

Díí' yiską'igíí nakii awee'į t'áá 'íídą́ą́' ashiikee' ji'iníí'są. Haashch'ééłti'í
dóó Tó neinilí ił haa'didii'kah dził ná'oodiłii bina' bił ní, lá jiní.

Naakiií éí ➤ ch'ééh deezhaazh golizhíí' neesk'aiigíí nahaló. ➤
Adóó biniina Haashch'ééłti'í dóó Tó neinilí ndah' bízneestsxis adóó
bichaa'dahoshké. Biniina dikwiidishii' t'óó áhayóídi.

T'aa hą́ą'dęę ła' naakiií yęę niłch'i bijį hasdzhiid.

"Shanálí, biki dóó ashlaa'goo. Bits'ą́ą́dóó nihidził
doołeel'," biłniid.

'Ákohgo yéigo at'ǫh yáá'ndiit'áázh.

Diyiin' ninaanákai'goo ił ha'nah'nidiikaa' n'a
bi'dohdniid. ❖ 'Ákohgo díí k'adigíí ❖ ❖ éí naakiií bįįh naholǫ
ałah'déézh'táázh. ❖

Diyin naakiií baa bił dahhǫzhǫ́ bi dine'é ❖ yíkáh'
ina'hidí'nóolchééł ❖ dahnízin.

After four days, the two babies had already grown
to the size of boys. Talking God and Water Sprinkler
challenged them to a race around *Dził ná'oodiłii,* the
Traveler's Circle Mountain, they say.

The twins ➤ ran weakly like fat skunks. ➤ And because of this,
Talking God and Water Sprinkler insulted and whipped the boys.
They did this many times.

One day, *Niłch'i,* the Wind, spoke to the brothers.

"Do not give up, my grandsons. You can always grow stronger each day."
And so the boys trained harder.

The Holy People returned and they raced again. ❖ This time, ❖
❖ the twins ran like tireless deer. ❖

The Holy People blessed the brothers and hoped ❖ they would be moved
to serve ❖ their people.

5

K'ad dinééh siáį. Bima' 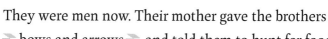 kaa' doo ałtįį 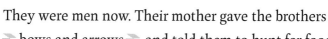 be'ninił nilaa' chiyaan haaljeeh bidíí'niid.

◈Tséłkę'◈ ła' adah ńt'éé' ✿ ayóo' ndzaadgo ee'áázh ✿ nihizhe'e' haidínóotaał nizǫ́go.

Yé'iitsoh binaałt'éí ◈ bił baa daholne.◈ Nakiíí t'áá sáhí naa'aashgo.

Yé'iitsoh éí diné dełdeeh diné ałtso daa'dį́į́ł'dííł danízin.

They were men now. Their mother gave the brothers 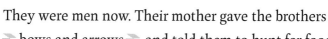 bows and arrows 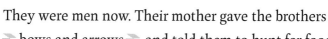 and told them to hunt for food. But she warned them about ✿ wandering too ✿ far from the *hoghan*. But ◈ the brothers ◈ wandered too far because they wished to find their true father.

The spies of the *naayéé'* saw them and ◈ reported back to the monsters.◈ They had seen the twins.

Now the *naayéé'* would come and eat up all the people like little pieces of corn.

➤ Haa'aa'oh tao' ➤ Asdzą́ą́ nádleehé naaldziidiigii' ch'ee yah yoohnee'. 'Ákohgo naadą́ą' baah ◈ dziid bikaa' yist'é. ◈

Yé'iitsoh yiyiiłtsą́. Binaagei dii'chiłgo dóó biwo' dahdeen'o' yiyiiłtsą́. Asdzą́ą́ nádleehé éí nakiií gone'e' chizh biyaa gone'e' needis'ííd.

Asdzą́ą́ nádleehé naadą́ą' baah dziid yikaa' dee haioo' nił.

✿ T'aa ndę́ę' ✿ yé'iitsoh dáádílkał dę́ę yiih ha'nootah.

Yé'iitsoh, "Naadą́ą' baah nizhonó iinlá," nílaa'. Ndi naakiií éí k'adę́ę iishą́ bika'nanishtaa'."

"Dooda," nii la Asdzą́ą́ nádleehé. "Ha'atii biniye' chiyaan akot'aa nízhoniigo azee' t'óó bachxǫ́'í'a' ii'yą́ą' dołeeł."

◈ Yé'iitsoh edííniid ◈ dóó dáádílkał dę́ę ch'eeh nee'tagoo. Adóó koojigo adóó ani'ni'goo ííyá.

The next morning, ➤ Changing Woman could not forget her fear. She made a corncake and ◈ set it on the ashes of the fire to bake. ◈

Then she saw *Yé'iitsoh*, the Monster Giant. His armor glittered and his teeth gleamed. Changing Woman hid the brothers inside under a pile of firewood.

Changing Woman took the corncake out of the ashes.

✿ At that time, ✿ *Yé'iitsoh* pushed his head to the doorway.

"That is a nice cake you have made for me," he grunted. "But I'm looking for your boys to eat them."

"No," Changing Woman said. "Food that looks this good can't go into such an ugly mouth!"

◈ *Yé'iitsoh* bellowed ◈ and pulled his head out of the door. And he walked away and said nothing else.

Naakiíí doo bima' yi'íists'ą́ą́' dóó bił ákót'éego éí biniinaa yaa yaaniidzii. 'E'e'aah dah'ndiit'áázh nihi diné'e hait'áo dabikaa ahi'nilcheeł niziigo.

Adóó dził naasbaas  yich'į' dah'dii'áázh.  Adóó éí diyin diné'e' ałnaa dibi ishgoo dinééh silį́. Nááts'íílid ◈silá◈ yiyiiłtsą́. ✿Adóó yąąh ná'áázh,✿ yii kah'azh'áázh adóó bił daa t'ii' aah ◈atsa' diit'ahigii bilágo.◈ Diyin bee atiin adah'yee'lahigii yąąh ná'áázh.

❀Adóó nizaad yiika ninaa'áázhgo❀ bikooh yiida'ají ninaa'áázh adóó łiid yah'tii'oh yiyiiłtsą́. Tsé ayóo' yę́ę́ntł'nééz léí bikaa'doo yáh'ahoodzą́h.

The brothers had not listened to their mother and they were ashamed. When the day ended, they left in order to find a way to help their people.

And  they walked up  the Traveler's Circle Mountain. They had met the Holy People here before.

They noticed a glint of rainbow ◈laying like a rope on the earth.◈ They walked on it. ✿And as they walked,✿ they started ◈flying faster than eagles.◈ They were walking on *atiin diyinii*, the Holy Trail, created by the Holy People!

❀And then after a long distance❀ they landed on the edge of a canyon and spotted smoke swirling into the air. It came from a hole in a tall rock.

12

Na'ashjé'ii asdzą́ą́ bighandę́ę yą́ą́h ná'áázh dóó yah'ii'áázh.
Na'ídééłkid, "Ha'iishą nihizhé'é? Adóó hool'áágo yishį́ éí hait'éego?"
"Jó'honaa'éí dóó nihizhé'é," bidííniid. "Yaa'káá'di baaghan.
Binaagei' éí naayei bee iindołdiił. Ndi yaa'bikáágo ◈éí hoiyee'.◈
Naayei éí doo wóóshdę́ę nisin da. Jó'honaa'éí dóó sha ałchiní
noł'łiidah nihididooniił. Díí éí ✿na'nitááh ✿ biniiye."
    Na'ashjé'ii asdzą́ą́ bił bééhózin dįį' 'aláah at'eego
    nabídínóól'tááh. 'Ákoh'go naayéé' bitsos bee'inlá' ha'a'a'eh
    atsa'tso' naayéé' bitsos' ◈bee iiłya.◈ Hai'táo' choo'į́nigii yee
    nahbi'neeztą́ą́' edootałgoo.
    Adóó naakiií diyin be'atiingo yiką́ą́h ninaa'áázh bizhé'é bichį́
    díí éí bi diné'e' bíká' inadoolwoł biniiye jiní.

They walked inside to ➤ the home of Spider
Woman. ➤ They asked her, "Who is our father?
And what direction is our future?"
"Your father is *Jó'honaa'éí*," she said. "His home is in the
sky. With his powerful weapons you can destroy the *naayéé'*.
But the way to his house ◈is dangerous.◈ The *naayéé'* will
try to stop you. *Jó'honaa'éí* will not say you are his sons.
He will ✿test✿ you."
    Spider Woman knew the brothers would face four
dangerous enemies. And so she gave them the *naayéé'
ats'os*, a sacred hoop ◈ made from ◈ feathers of the monster
eagles in the East. She taught them how to use it with
powerful singing.
    And the brothers ran on the Holy Trail to find their father
so they could help their people, they say.

13

'Abínígoo ligaigo t'aadoo ha'aa'a'goo naakiií tsé ał jízh'ii yił ałchíí ninini'áázh.

Dootł'izh ałní'ní'ágo ch'il lok'ah idigishí yił'ałchi naa'ná'áázh.

Łitsogo k'iiłchi' éí hoosh bitsos' yee adiłtoh yił'ałchi naa'ná'áázh.

Łibago ne'e'e'oh éí tó sido deiyił'kid yee iłbeezho yił'ałchi naa'ná'áázh.

Naakiií t'aa ałtsoogo niłchi bił hałneego dóó atsa' bitaa' dóó ⬖ bi yiin. ⬖ Yee alaanjí' beehosin n̓t'éé'.

Ákoh'goo naakiií naayéé' ✤ yoołgłąą' ✤ bił halnee'aah aah'atsóó̖ bich'i̖' kwoo'łyaago yee ⬖ ak'ee desdlíi̖. ⬖

That morning, in the white light of the dawn, the brothers ⮞ faced ⮞ the Crushing Rocks, who tried to smash them like two clapping hands.

In the blue light of the midday, they faced the Slashing Reeds, who tried to cut them to pieces.

In the yellow light of the afternoon, they faced the Giant Awl Cactuses that tried to pierce them with poisonous spines.

In the gray light of the sunset, the brothers faced the Boiling Dunes, who tried to shrivel them into ashes.

But each time the brothers anticipated them. They held out the sacred hoop and sang the powerful ⬖ song. ⬖

Because the brothers ✤ believed ✤ in what the Holy People had told them, ⬖ they overcame ⬖ the *naayéé'*.

Naakiií dootł'izhii hoghan łęę tó bahę saghango ⮞ yaa ná'áázh.⮞
Ch'ee atiingi shash naakigoo dóó tł'iish dóó ◈niyołtsoh◈
dáádílkał bich'a.

Naakiií niłchi bit'aalneego atsa' bitaa' dóó biyiin bikeh'ho yah
íí'áázh.

Wóne' yah íí'áázhgo dine'é nléí naakiigo naakiií ✿yee
dahbiisił✿ adóó beeldléí bił yis disgoo winii' dah biznil.

Akwe'égíí sike'goo yé'iitsoh yah ííyá. Biishghaangeeh
sa'ah ◈ łichiigo acha'◈ na'ataahii ayóó' adiniiłdiin
dóó sidoogo yah ííyá.

Díí éí Jó'honaa'éí naakiií bizhe'e' áté lá.

The brothers ⮞ came ⮞ to a glowing turquoise
house on the shore of a large lake. The path to
the door was blocked by two bears, a pair of large
snakes, and a ◈pair of tall tornados.◈

But the brothers anticipated them, and with
the sacred hoop and the powerful song they
passed by them.

Inside, two strong young men ✿grabbed✿
the brothers and rolled them into a blanket and
put them up on a high shelf at the edge of the roof.
They waited there until a giant entered. He carried a
◈ red shield.◈ The shield burned so bright and so hot.

This man was *Jó'honaa'éí*, the Sun, the twins' father.

Jó'honaa'éí éí naakiií yęę shee ⇒ ana'íí binǫ' ⇒ biniina ◈ ch'eeh nowah'įį kǫbil'eeh.◈

✿Bi'kétsiinigii ✿ bitsił'go beesh had'az'ao' bik'i'gi' abiinił. Adóó t'aadoo at'eego yiłtsá' na'nín'aad'ei éí naayéé' atsos bichą' n'deił.

"T'aash anii niil?" Jó'honaa'éí. "Díí naakiií yish'į sha áłchíní át'é."

Jó'honaa'éí t'aa cheí bii nił adóó ◇ tó sidó ◇ bił yaa'yii'ą́. 'Ákoh'ndęę éí naakiií niłch'i bił hałneego baa ná'asgeedoo ak'one' náoh' t'aadoo tó sidó bił ni'ináda.

"T'aash anii?" naadoo ni Jó'honaa'éí.

"Díí nakiií sha áłchíní."

The Sun suspected the brothers were ⇒ his enemies, ⇒ and because of this ◈ he tried to destroy them.◈

He grabbed them by ✿ the ankles ✿ and threw them against a wall of sharp spikes. But the brothers used the chant of the *naayéé' ats'os* to shield themselves from the spikes.

"Is it true?" said *Jó'honaa'éí*. "These could be my sons."

The Sun filled his sweathouse with ◇ scorching steam. ◇ But, actually, *Níłch'i*, the Wind, had dug an escape tunnel for the brothers. They crawled into this tunnel until the air cleared, and then they emerged unharmed.

"Is it true?" said *Jó'honaa'éí*. "These twins could be my sons."

Jó'honaa'éí naakiií ➤ ee'ii ➤ yinił abiní beełigai jį́ dootłizh,
e'e'e'ahgo bee łitso, tł'eego bee łizhín adóó yitsį́ kii'yinstá
adóó. Woshdę́ę ya'ho'áásh yidniid.

Yaa'ahi'áázho' niłchi ◈ abe'łnii ◈ "Niigi."

Wóóseek'idii yiyiiłtsą́ ✿ ni'góó. ✿ Wóóseek'idii ni'góó
yigaałoh' naakigo dootł'izhigo 'azhéé' bittinoo' ayii' la'.

Niłchí abe'łnii la', "◈'Azhéé' dootłizhigii ◈ nakiigo
nihizad niił."

Jó'honaa'éí ❦ bee naałtó dootłizho natoos'tse ❦ bee naałtó
bee na'aah'igii dóó bee binee'edooł'dah biniiye.

"T'aash anii?" nii la Jó'honaa'éí. "Díí naakiií sha áłchíní."

Jó'honaa'éí then dressed the brothers in ➤ robes ➤ of
white dawn, blue daylight, yellow twilight, and black
darkness, and he loosened their hair so that it fell around
their shoulders. Then he invited them into his house.

As they walked, *Niłch'i*, the Wind, ◈ whispered ◈ to
the brothers, "Look down."

Wóóseek'idii, the Spiny Caterpillar, was crawling across
✿ the ground. ✿ *Wóóseek'idii* left behind two small streaks of
◈ blue spit. ◈

The Wind said to them, "Take those two streaks of blue spit and
put them in your mouths."

The Sun offered the twins ❦ his turquoise pipe. ❦ He had them
smoke poisoned tobacco, but the spit protected the brothers from the poison.

"Is it true?" said *Jó'honaa'éí*. "These twins *must* be my sons."

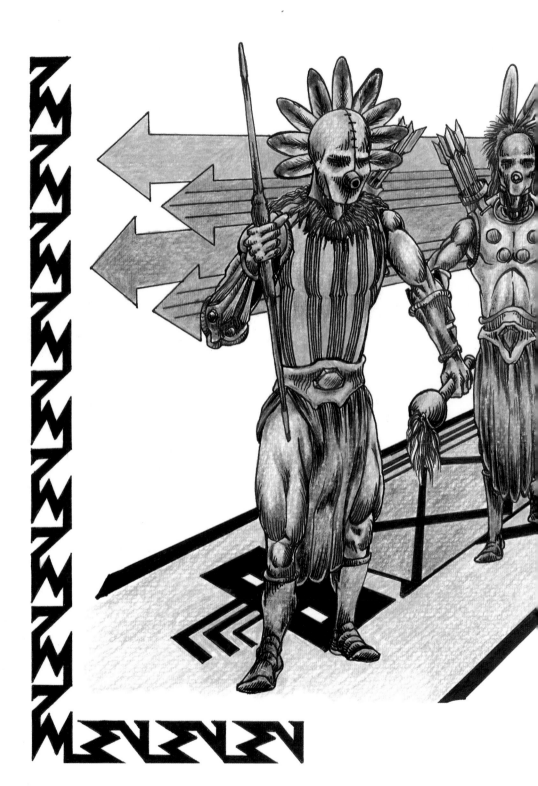

Jó'honaa'éí nabidééłkid, "Ha'át'íísh biniiye no'áázh?"

Naakiií anił, "Naayéé' yé'iitsoh adaa'tiił biniiye."

Jó'honaa'éí bee diiltoh'ah yigii bee'ninił.

Jó'honaa'éí naakiií ba'ałchiní beesh'ee' yaa'hai'díí'laah. Ee' éí díí adah at'e: atsiniltł'ish k'aa' adóó atsoolaghał k'aa' adóó shábitłóól k'aa' adóó nááts'íílid k'aa'.

Jó'honaa'éí béésh'est'ogii haał bee ninil naayéé' bik'agii yiniłai'doo gish biniiye.

Jó'honaa'éí abiłnii', "Shi ałtse' 'adit'ní béésh'est'ogii yé'iitsoh bik'įji."

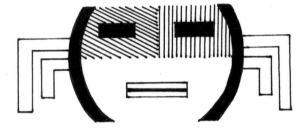

Jó'honaa'éí asked, "Why have you come here?"

The twins said, "We have come because of the *naayéé'* stalking our people, like *Yé'iitsoh*."

Jó'honaa'éí gave them the tools to fight.

He gave to each brother a helmet and body armor of hard flint scales. He gave them these weapons: chain-lightning arrows, mighty sheet-lightning arrows, deadly sunbeam arrows, and killing rainbow arrows.

He gave them flint swords and stone knives to cut through the hard skin of the *naayéé'*.

Jó'honaa'éí said to them, "I will fire the first lightning arrow at the strongest of the *naayéé'*, *Yé'iitsoh*."

Jó'honaa'éí naakiií yęę  ya'bikah'idęę ya'bikah'idęę hai'zh'éézh adóó díí' dził diyin siniłigii ◈dayiiłtsą́'◈. Iłdóó dził na'oodiłi nah' dayiiłtsą́, adee'ee' diyin adah bineez'tą́ą́'. Nakiií bima' baaghan yiyiiłtsá, ee'éí dóó naayéé' ✤ba'andool'tiih'✤ nisin.

Jó'honaa'éí tso'dizin baa ayiila' atsinitłiish bilą́ąjį́ silao.

Naakiií éí atsinitłiish Tsoodził bikaa'gi yee'adah ◈ naa'táázh ◈ adęę éí yé'iitsoh hóló̜ biniina.

Jó'honaa'éí then led the brothers to ➤ the top of the sky ➤ and ◈ they saw ◈ the four sacred mountains. Also they also saw *Dził ná'oodiłii*, the Traveler's Circle Mountain, again, where the Holy People had trained them to be men. They saw the home of their mother, whom they wanted to protect from the ✤harassing✤ *naayéé'*.

Jó'honaa'éí blessed them and spread a streak of lightning in front of them.

The two brothers stood on it and it descended ◈like steps◈ into the sky toward *Tsoodził*, the Blue Bead Mountain, and they ran down it toward *Yé'iitsoh*.

Diyin Hastiin adóó Diyin Asdzą́ą́ łah 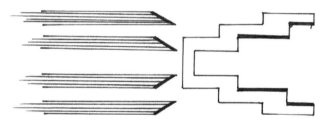 bidaa'iikai' ⮞
adóó naakiií yę́ę́ adah' bidííniid ◈ nilá dę́ę́ ◈
yé'iitsoh nidaa adlįį́ nihił bee dahoziin.

Naakiií tsekaa' hasná yé'iitsoh. Yé'iitsoh
✿doo dahbo'iinigii. ✿

Shaa biigą' abaah sikao adah hwideeshdlaad alájí
nakiií'igii atsinitłiish kaa' yę́ę́ adziił'toh Tsoodził bikigii.
Éí ◈ díísh'jį́į́di ◈ adiit'ę́ę́.

Naakiií binaagee' ayóó' bidziłgo bił beehosin.

'Ákohgo ak'eh didootłiiłgo bił beehosin.

In front of the mountain, ⮞ they met ⮞ Holy Man and
Holy Woman. They told the twins how they knew that
◈ over there somewhere ◈ is a place where *Yé'iitsoh*
comes to drink.

The brothers ran and climbed a high, rocky cliff.
✿They could not see ✿ *Yé'iitsoh*.

They sat and waited and got so bored that the oldest
brother fired a chain-lightning arrow and put a deep scar
into a large rock near Blue Bead Mountain.

◈ To this day ◈ it is still there.

The brothers knew the weapons were powerful.

They knew they could win the battle.

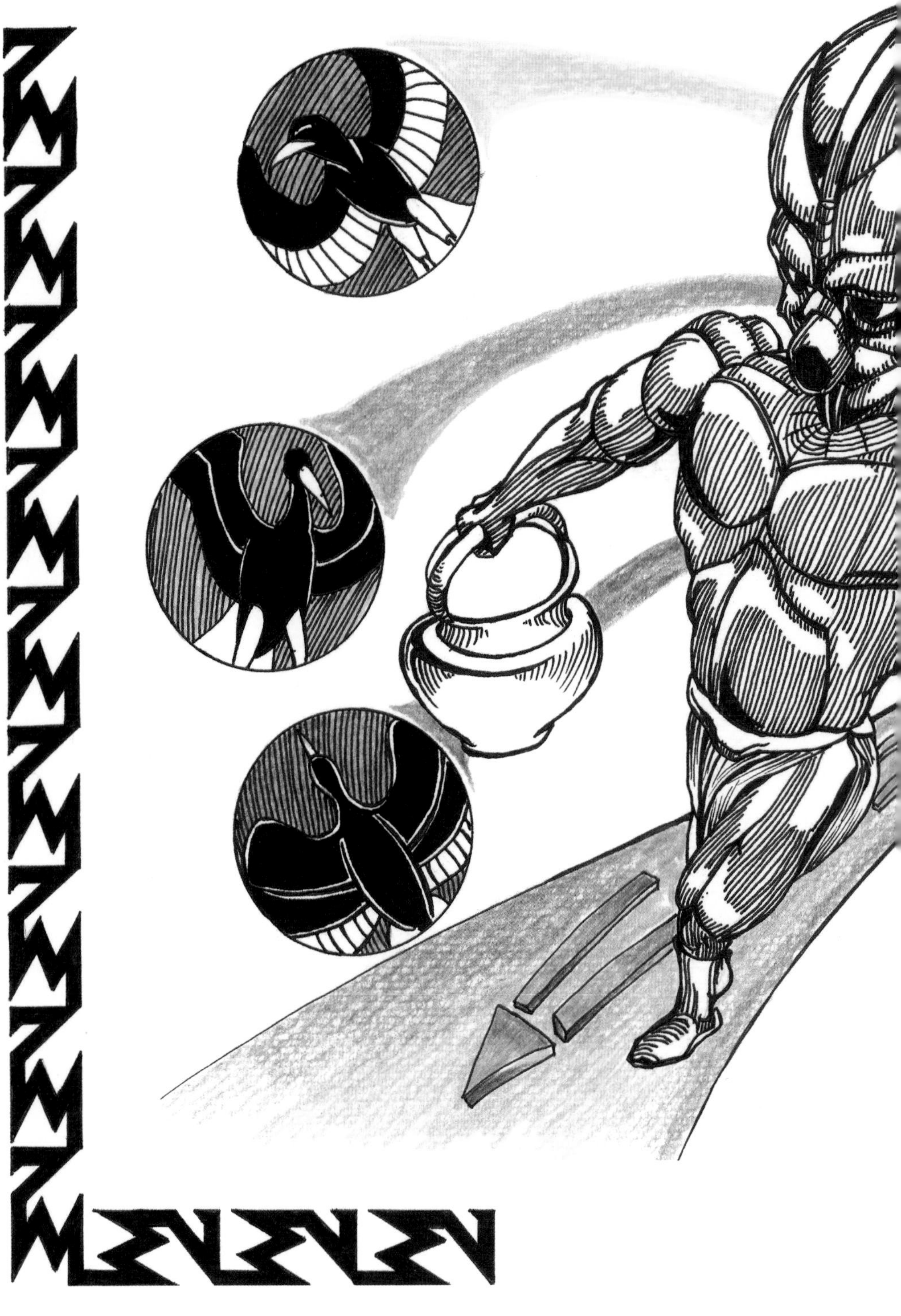

T'aa sikao t'aa ndęę' adęę akee' hwóódzóół'tsííł ⇒ tsekooh gooya. ⇒

T'aa ndęę yé'iitsoh át'íí' la' Tsoodził ya'tis'íí' yaa. ◈ Wóláchíí' baaghan naholǫ́. ◈

Yé'iitsoh éí ałah'ii nidiłtaałgoo diné yigaałgo iłni'doo'nał.

Yé'iitsoh éí ts'aa' yoo'ał ełtsǫ́ǫ́ yisnáá'nigii biyiingo. Ts'aa' yigii nį̨'nii'yah'aah adóó ❖ į'nii'glaah. ❖ T'aa tó łah iniįłnaa' bi'ke tó yaa'natin'łą́ą́h.

Ałtsǫǫ aglą́ągo bizaa'bąh' bigaan yee iiyii'tóód bigaan ◈ éí yiłkid yigii yę́ęntł'nééz. ◈ Yé'iitsoh éí naakiií yęę yiyiiłtsą́ą́hgo oo' ya'chidęęł'tłǫh. Naakiií tse'bidah'ígíí dáhsiké'iigi hidéésnąą.

Naakiií daats'í akee'iidiidłeeł daats'í nizį̨'.

Soon they heard the sound of footsteps, like thunder rumbling ⇒ inside a canyon. ⇒

And then the head of *Yé'iitsoh* looked over the top of Blue Bead Mountain. ◈ The mountains under him were like anthills. ◈

When *Yé'iitsoh* took a step, he would cover as much ground as a man could walk between morning and noon!

The monster carried a basket full of prey that he had killed. He put it on the ground and ❖ drank ❖ from the lake. He kept swallowing and the water drained away after each huge gulp!

When he was done, he wiped his mouth with his forearm, ◈ which was as long as a small mountain. ◈ *Yé'iitsoh* saw the brothers and laughed. The cliff where the brothers crouched shook and swayed.

The brothers doubted they could win the battle.

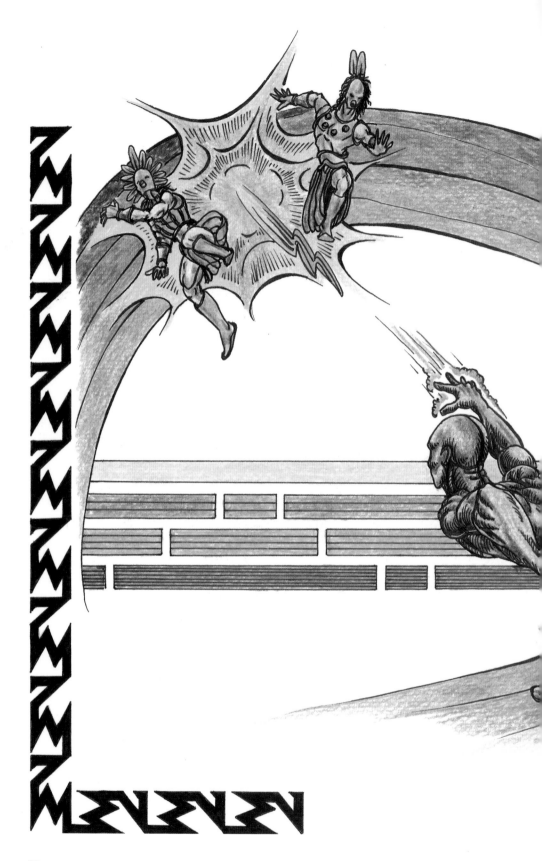

Yé'iitsoh 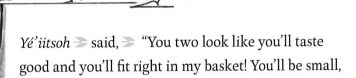 abiłnii' la', "Łinoo'kahn nahalin dóó shi ts'aa' biyį́į ni'ha'áah azhaashį̀į inooł'tsii'sii yish'į́ ndi ayóó' łinoo'kahn."

Nǫ chidełglǫ́ǫ̀.

Naakiií abají naa'gháá'háági, Yé'iitsoh iiłnii' la, "Aazh'aashíii áłts'íísí ndi atsiitsiigo ajił'naa'go hadáá' yee dadiil' tsii'."

Níłch'i abeełnii la. "Baa bahonosin! baa bahonosin!"

Naakiií nááts'íílid bikee'tł'ááh ee'deeł.

Adóó yé'iitsoh bits'aa' biyi'dę̀ę atsiniltł'ish ałtį̀į ha'yiitaah.

Yé'iitsoh atsiniltł'ish bichį́ ayii la' adóó naakiií éí nááts'íílid nijį́ bił ii'deeł atsiniltł'ish yę̀ę dził iidiił'táàh.

Yé'iitsoh said, "You two look like you'll taste good and you'll fit right in my basket! You'll be small, but tasty!"

Then he laughed.

The older brother called back to *Yé'iitsoh*, "Even though we are small, we just might choke your throat if you try to swallow us."

Then *Níłch'i*, the Wind, spoke. "Beware! Beware!"

He sent a rainbow and it swung under their feet.

Just then, *Yé'iitsoh* reached into his basket and pulled out a lightning arrow.

He hurled the lightning at the brothers and the brothers rose up on the rainbow as the arrow smashed the cliff into pieces.

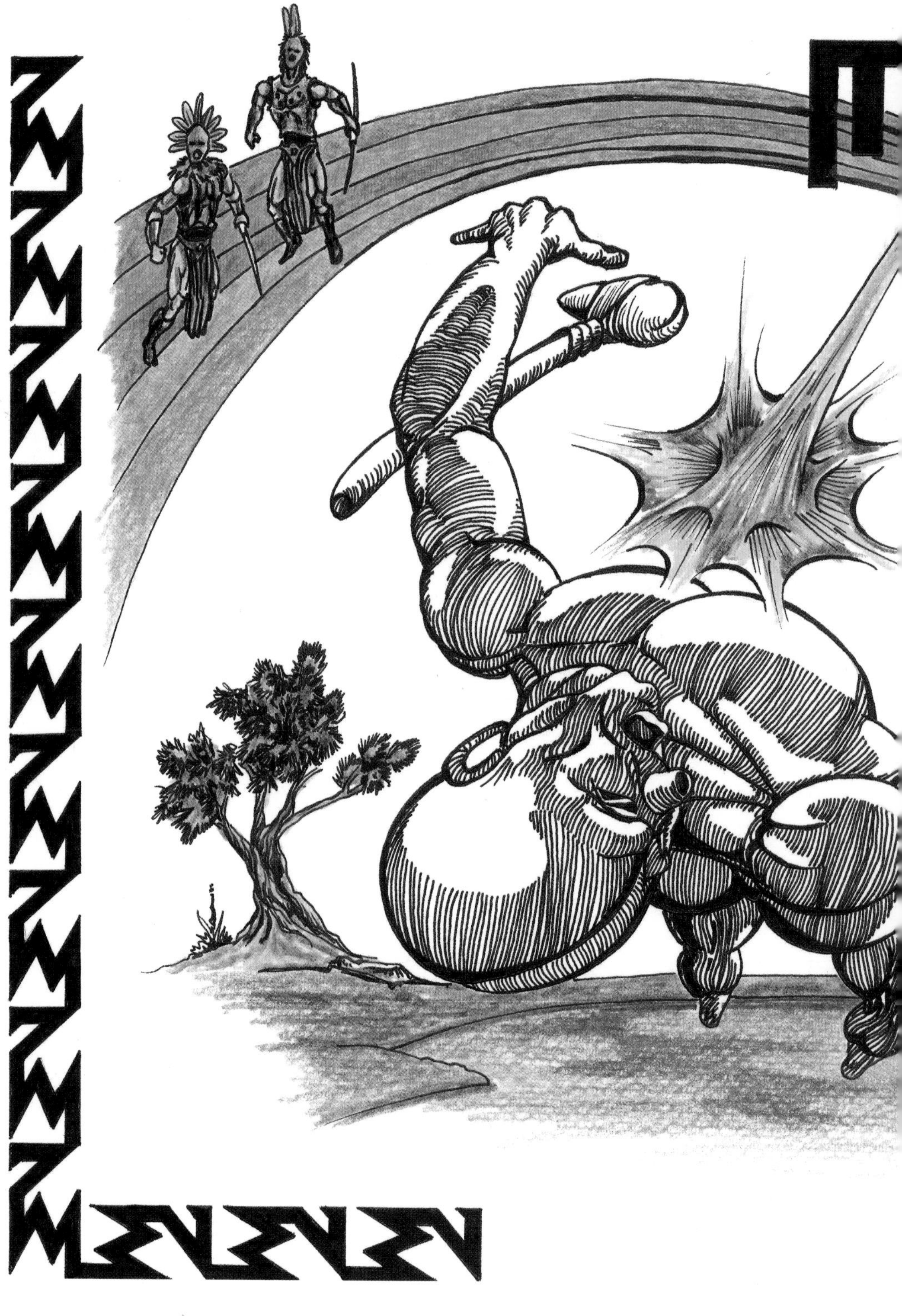

Yé'iitsoh naakiií yęę adah' 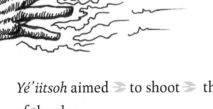 abiz'deskaa nizii'.

Tsidi 'ákohgo abi' naakiií atsiniltł'ish k'aa' yęę bistǫǫ bitsii' tsiihji'.

◈ 'Adit'nį́' diistsągoo ◈ tałkáágo tó hidees'nááh.

Jó'honaa'éí éí. Yé'iitsoh ✤ bitsii' tsiihji' ✤ yiskah yęę nį́' éí Jó'honaa'éí at'į la'.

Yé'iitsoh ◈ adineeztíí' ◈ dóó nah'iitłizh.

Yé'iitsoh aimed to shoot the brothers out of the sky.

But a thunderbolt crashed down and smashed the side of the monster's head.

◈ Thunder rumbled ◈ across the lake and made waves on the water.

It was *Jó'honaa'éí*. The Sun had fired the first shot ✤ into *Yé'iitsoh*'s head. ✤

Yé'iitsoh ◈ stumbled ◈ but did not fall.

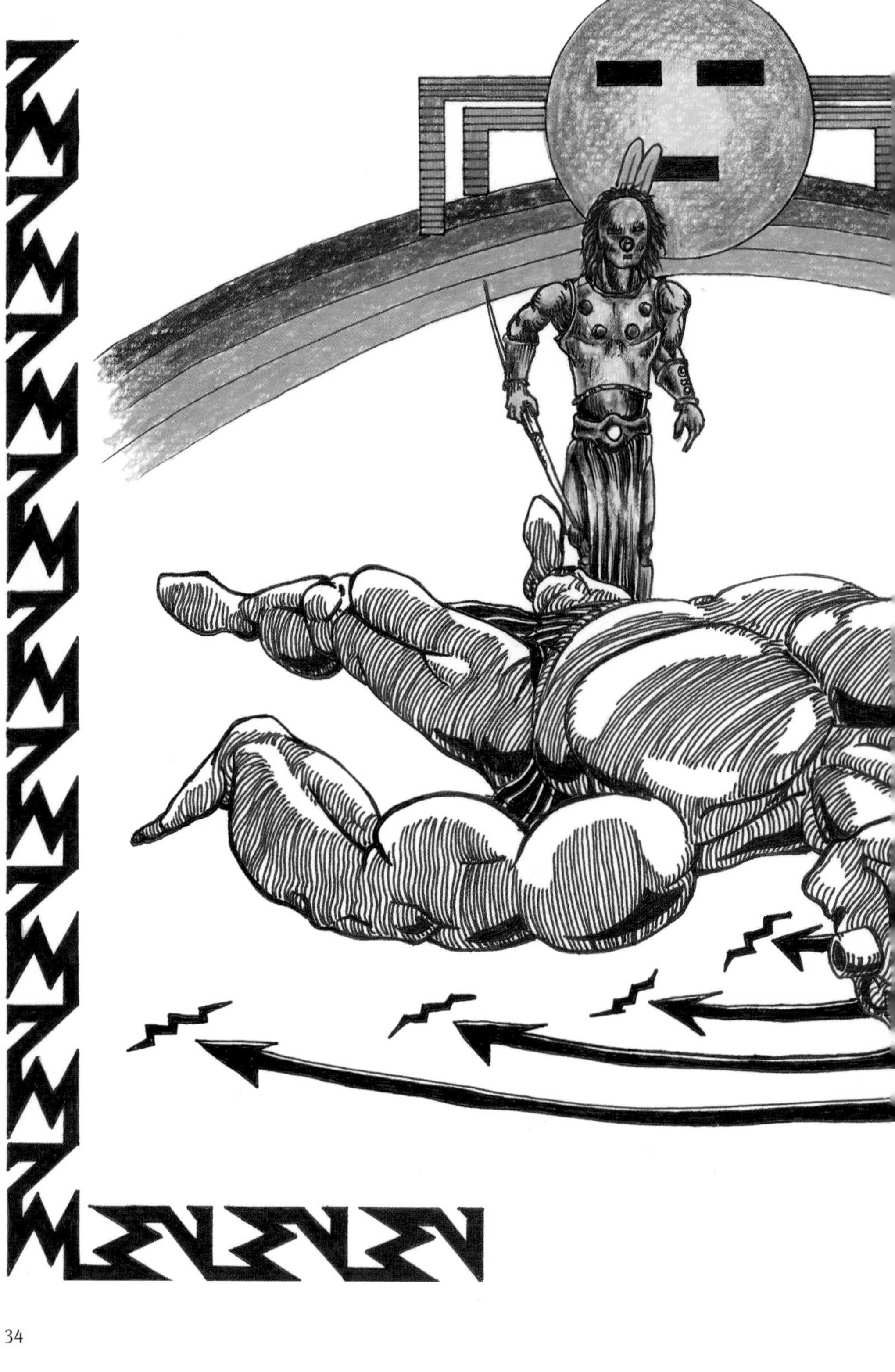

Naakiií alahji' yigii i'dit'ni' k'aa' yé'iitsoh yee yiskáh.
I'dit'ni k'aa' yé'iitsoh bi beeshgee' bes'taał.

Yé'iitsoh adineeztíí' natsi'deel'go dóó niidzí̜.

Naakiií ye̜e̜ anadziłtoh. Yé'iitsoh nisti'naał'deelgo dóó na'iitłizh
ne'kii'deezh'tłishgo łeezh hai'yáá.

Naakiií akeh'de̜'igii atsiniltł'ish k'aa' Yé'iitsoh biyid
goone' yiiskaa' Yé'iitsoh na'iitłizh.

Bitsiits'iin tsin bilahtah nahalǫ́ nahasnáá'.

Yé'iitsoh biniiji'go ni̜'nintłizh adóó t'aadoo
na'hideesnááh' daa.

The older brother pulled back his bow and shot a
chain-lightning arrow and it stuck into the monster.
The arrow exploded against *Yé'iitsoh*'s hard armor.

Yé'iitsoh swayed and bent his knees, but he
remained standing.

He fired again. The monster's knees buckled
and sand billowed into the sky.

The younger brother drew his bow and fired a chain-
lightning arrow into the monster's chest.

Then *Yé'iitsoh* fell onto his hands. His head swayed like a tall pine tree
in a strong wind.

He fell forward onto his face and his limbs stretched out flat and he never
moved again.

Naakiií yé'iitsoh yitsii'tsiin  ne'dii'ąą' ⇒ Tsoodził bidah'gii bits'ą́ądóó ◈ dił' adaz'go yigii.◈ Éí díísh'jį́į́di t'aadi akǫǫ' tse bee ndaadishjin.

Naakiií yé'iitsoh yisną́. Bits'ą́ądóó bizh'e a'holą́. Naakiií alaaji' yigii éí Naayéé' neizghání wolyé. Akeh dęę éí Na'ídígishí wolyé.

Naakiií yé'iitsoh ✤ yisnágoo ✤ bizhe'e Jó'honaa'éí yichį́' sodoołzin. Yé'iitsoh bi'kaa' dóó naakiií bi'kaa' tsaa' yii yinił. Bama' yichį́' neinikaa'. Asdzą́ą́ nádleehé ba'ałchini naat'ááshgoo yiyiiłtsą́go ◈ ołzhiizh dóó sin baahózhǫ́goo nii'diná'ááh.◈

Haashch'éélti'í dóó Tó neinilí dził ná'oodiłii biyiin niidinah'aah nakiií diyin n'dabi'neez'tą́ą́gi éí.

K'ad dine'é t'aadi dahbiyiingo béílyaa.

The brothers ⇒ cut off ⇒ the head of *Yé'iitsoh* and ◈ his blood flowed across the valley ◈ in front of Blue Bead Mountain. These days, the red rocks are blackened by the blood in that area today.

The twins had cut away *Yé'iitsoh*'s life. They gave each other war names. The older brother was called *Naayéé' neizghání*—Monster Slayer. The younger brother was called *Na'ídígishí*—He Who Cuts Life Out of the Enemy.

After ✤ that killing, ✤ the twins prayed to their father, the Sun. They put the monster's arrows into the basket. They took them back to their mother. When Changing Woman saw her children return, ◈ they danced and sang in a beautiful way. ◈

Haashch'éélti'í, the Talking God, and *Tó neinilí*, the Water Sprinkler, sang around the mountain where the boys had learned to become men.

People today use this song that was given to them.

Naakiií éí  yé'iitsoh bibeesh' éí yęę nináá'yiizhjaa.

Atsinitłiish k'aa' yęę yé'iitsoh bi beesh'e' yęę bestaał'goo baa naałdaaz.

Naakiií éí ◈ diidi' ninaayį́į́zhja. ◈

"Nihidine'é dah bibeezh dóó dah bee ✤ béésh'est'ogii ✤ dołeeł,"
niigo. "Yee nidaashzhee' dóó chiyaan yęę ndeełgizhdoo biniiye.
'Ákohgo yé'iitsoh binchǫǫ'gi yęę yá'áát'ééhgo tsįįdǫǫ'iił."

Ndi yé'iitsoh ◈ dóó éí t'aa éí t'éí da. ◈

T'oo ayóo' naayéé' ✖ t'ahdi ✖ halǫ́. T'ahdi dichin dahnisin . . .

The brothers had also brought back  Yé'iitsoh's armor.

When the chain-lightning arrows struck him, they had
smashed the armor and scattered it across the ground.

The brothers ◈ gathered these pieces of flint and brought
them back. ◈

"Our people could use them for ✤ arrowheads ✤ and for knives,"
they said. "They could hunt and cut their food. This way, the evil of
Yé'iitsoh can be used for something good."

But *Yé'iitsoh* ◈ was not the only ◈ monster.

Many other *naayéé'* ✖ still ✖ roamed. And they were still hungry . . .